Bea García

La MALDICIÓN del LÁPIZ

Escrita e ilustrada por

Deborah Zemke

ⓑ Bruño

JUDIT EINSTEIN

Título original: *The Curse of Einsteins's Pencil,*
publicado por primera vez en Estados Unidos
por Dial Books for Young Readers,
Penguin Young Readers Group,
un sello de Penguin Random House LLC, Nueva York
Texto e ilustraciones: © Deborah Zemke, 2017

© Grupo Editorial Bruño, S. L., 2018
Juan Ignacio Luca de Tena, 15; 28027 Madrid

Dirección Editorial: Isabel Carril
Coordinación Editorial: Begoña Lozano
Edición: Cristina González
Preimpresión: Francisco González

Traducción: © Begoña Oro Pradera, 2017

ISBN: 978-84-696-2384-8
Depósito legal: M-2087-2018
Printed in Spain

www.brunolibros.es

Para John,
a lo largo de los 40 075 kilómetros
de la circunferencia terrestre.

CAPÍTULO 1
MI LÁPIZ MÁGICO

Este es mi lápiz.

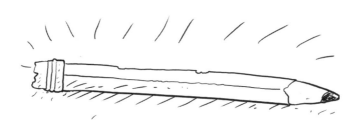

Puede que no te parezca mágico, pero lo es.

La señorita Grogan lo dijo delante de toda la clase.

La profe no se refería a «mágico-mágico» tipo cuento de hadas. No es que pudiera agitarse como una varita y convertir a mi hermano en rana.

Se refería a que yo hacía magia con él y podía convertir a mi hermano en rana... ¡en un dibujo!

Pero ¿a que estaría bien convertirlo en rana de verdad? Se le daría genial saltar a la comba y jugar al baloncesto.

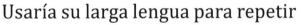

Usaría su larga lengua para repetir postre. (Si mi hermano fuese una rana, su postre favorito sería la tarta de moscas, claro. ¡Puaj!).

Pero la señorita Grogan tampoco estaba hablando de dibujos de ranas. Se refería al dibujo que hice del Everest, la montaña más alta de la Tierra.

¡Bea es una artista!

Ni caso al monstruito que sale en la cima. Es Eric. Ojalá no lo hubiera dibujado.

Esta soy yo: Bea García.

¡Es broma! En realidad no soy una estrella.

Pero sí que soy una artista.

Hago dibujos de todo,
especialmente de *Sofi,* mi perrita.
Y también dibujo flores y estrellas
y canguros y pájaros y...
MIL COSAS MÁS.

Sofi disfrazada de cebra

Hago dibujos de lo que pasa. Este es de cuando transformé a mi hermano en rana pintándole motas verdes.

Mi hermano se llama Pablo, pero yo lo llamo la Peste Negra. Porque lo es.

También dibujo lo que me GUSTARÍA que pasara. Esta soy yo dando la vuelta al mundo para visitar a Ivón, mi mejor y única amiga, que se mudó a Australia, a 17 000 kilómetros de distancia.

A veces pinto cosas que solo pueden pasar en los dibujos. Aquí salimos Ivón y yo jugando con su mascota: un canguro. ¡OJALÁ!

Aquí salgo yo de verdad en mi jardín, deseando que Ivón no se hubiera marchado.

13

A veces, cuando dibujo, es como si lo que imagina mi cerebro fuese directo al papel.

¡Es casi como si el lápiz dibujara solo! Parece magia. Ya sé que no es verdad, pero lo parece.

Este es el libro donde hago mis dibujos. Lo llevo siempre a todas partes.

Dibujo en el manzano del jardín...

... y en la cama, cuando se supone que estoy durmiendo.

Dibujo en el auto-
bús, camino del cole...

... y en el recreo,
mientras los demás
juegan.

Hasta dibujo en clase, cuando se supone que estoy atendiendo. Como ahora
mismo, en *mates.*

En la hora de *mates,* la señorita Grogan no cree en las propiedades mágicas
de mi lápiz.

¡Beatriz García Holmes! ¡Es hora
de matemáticas, no de hacer garabatos!

La profe solo me llama Beatriz cuando estoy haciendo algo malo. Si no, me
llama Bea, como todo el mundo. Menos
Einstein. Einstein SIEMPRE me llama
Beatriz. No este Einstein.

Esta Einstein: Judit
Einstein.

Buenos días,
Beatriz.

Einstein se sienta a mi lado en clase.

Es la que sale con la mano levantada, la que contesta todas las preguntas en *mates* y en ciencias y en lengua y en geografía y en comprensión lectora...

Einstein sabe la respuesta a cualquier pregunta antes de que la señorita Grogan la diga en voz alta. ¡Solo de sentarme a su lado, ya me siento más lista!

Este es el lápiz de Einstein. ¿Has visto que la goma está sin estrenar? Eso es porque Einstein nunca se equivoca.

Es la chica más lista de todo el colegio. ¡La más lista del universo!

Y es mi casi-amiga.
Casi.

CAPÍTULO 2

ENTRE UN GENIO Y UN MONSTRUO

Aquí estamos Einstein, mi hermano pequeño y yo en el autobús, de camino al colegio. La Peste Negra hace como que es un monstruo. Pero no puedes ir de monstruo por la vida cuando eres un gallina. Y él lo es. Ya lo creo.

Por suerte, Einstein no le hace ni caso. Está muy ocupada leyendo. Einstein siempre está leyendo. Fuera de clase no habla mucho, y no siempre entiendo lo que dice.

Esto fue lo primero que me dijo en la vida:

> Bonitos dibujos, aunque no muy precisos, Beatriz.

> Gracias.

Me lo dijo después de que la señorita Grogan contara a toda la clase que mi lápiz era mágico, así que supongo que significaba que a Einstein le habían gustado mis dibujos.

Le pregunté a mi padre qué significaba «preciso» y me dijo:

Así que lo busqué en el diccionario y descubrí que «preciso» significa «exacto».

Entonces, Judit no pensaba que mis dibujos estuvieran mal, sino que no eran exactos. Total, que no estoy muy segura de qué quería decirme con eso, pero al menos ahora sé lo que significa «preciso», y si sale en el próximo concurso de vocabulario, seré la ganadora.

¡OJALÁ!

Nunca he sido la campeona de vocabulario.

Igual me iría mejor si dejaran dibujar
las palabras. Por ejemplo, así:

PRECISO

En realidad me iría mejor en todo si
pudiera dibujar las respuestas en vez de
decirlas en voz alta o escribirlas, pero
bueno...

Recuerdo la segunda cosa que Einstein me dijo en la vida.

Y esa sí sé lo que significa.

Así es como me sentí cuando me dijo eso. ¡Como si fuese una estrella super-brillante y Einstein y yo estuviéramos volando juntas por el espacio!

¡OJALÁ!

Ni caso al monstruo del autobús que intenta quitarme mi libro. Es Eric. Sí, el mismo que dibujé en la cima del Everest.

En clase se sienta detrás de mí. Y, lo que es peor, es mi vecino de al lado. Se mudó a la casa donde vivía Ivón antes de marcharse a Australia.

¿Que si Eric es un monstruo de verdad? Tú dirás... Parece un monstruo.

Habla como un monstruo.

Se porta como un monstruo.

Aterroriza a la Peste Negra y a *Sofi*.

Me pone motes idiotas.

Mi madre me dice que ignore a Eric, y eso hago.

No pienso volver a dibujarlo.

Una vez lo dibujé en la cima del mundo y ahora toda la clase piensa que es una especie de héroe. Pero ¿tú crees que eso hizo que se portara mejor conmigo?

No, eso empeoró aún más las cosas. Porque ahora quiere que lo dibuje todo el rato.

Solo de pensar en eso ya me pongo de mal humor.

Mi padre me dijo que, si no podía ignorarlo, intentase hacerle reír. ¡A ver si te ríes de esto, Eric! Mira, aquí sales cayéndote por un agujero negro mientras Einstein y yo viajamos por el espacio.

¡OJALÁ!

CAPÍTULO 3
JUNTAS HACIA LAS ESTRELLAS

E ste no es solo un dibujo... ¡Es una representación artística!

Me lo dijo Einstein. Como nadie sabe cómo es exactamente un agujero negro, los artistas se lo inventan, ¡como hice yo!

Bueno, casi como hice yo.

Esta es mi nueva representación artística. ¿Ves? No salen agujeros, ni Eric. Solo una estrella aplastada.

ME ENCANTA ser la casi-amiga de la chica más lista del universo. ¡Sobre todo hoy!

¡Era mi oportunidad de brillar! Porque... ¡adivina quién me pidió que for-
mara equipo con ella!

¡Biennn! ¡Einstein y yo juntas, como en
mi dibujo! ¡Íbamos a ganar seguro!

Aquí, Judit y yo salimos dando la vuelta al mundo. ¡Los 40 075 kilómetros!

Aquí estamos
aterrizando en la

¡Brrrr! ¡Bailar con los pingüinos sería genial si no hiciera tanto frío! ¡Los pobres necesitan mucho ejercicio para no quedarse congelados! ¡En la Antártida no hacen falta neveras!

Aquí sale Einstein sonriéndome porque he respondido bien.

Bueno, casi bien.

Ese es Eric intentando estropearlo
todo. No sale porque no pienso dibujarlo, pero puedes oírlo.

Ni hablar, Eric. No pienso dibujarte,
y menos en Australia.

Solo nos dibujaré a Einstein, a Ivón y a mí, y a la mascota canguro de Ivón, y...

¿Un cocodrilo?

¿Habrá cocodrilos en Australia? ¿Cocodrilos con la cara de Eric? ¡No! ¡No pienso dibujar a Eric!

Esta soy yo intentando borrar el dibujo de Eric, el cocodrilo.

CAPÍTULO 4
¿JUNTAS HACIA LAS ESTRELLAS?

Aquí salgo en el recreo. Llevo mi libro y mi lápiz escondidos debajo de la camiseta. Estoy buscando a Einstein... ¡para viajar juntas hasta las estrellas!

Keisha, Laura, Megan y Tristán están jugando a la pelota, y Tomi, Marcos, María y Greta, al baloncesto.

Ben, Jaime, Fátima, Adela y Lucía juegan a que los persigue un monstruo. Y el monstruo es Eric, claro.

Es el que ruge en la esquina del dibujo, ¿lo ves?

Esta es Einstein, ella sola, leyendo.

Einstein me miró como si yo no tuviese ni idea de nada.

No me lo podía creer... ¡Pero si Einstein era la más lista de toda la clase! Seguro que ganaba. ¡Y eso significaba que yo también!

Creo que Einstein no entendió mi pregunta.

¿De qué le iba a servir yo a Einstein?
Ella ya sabía miles de respuestas.

Pensé un poco.

Einstein me miró y sonrió. Luego puso
mala cara y dejó de mirarme.

Estaba mirando a Ivón.

Ya está. Ya lo había dicho. Einstein y yo ya éramos amigas, casi. Pero ella solo dijo:

Luego cogió mi libro, tachó el 17 000 y escribió 17 776. ¡En MI libro!

Yo no sabía qué decir. Me gustaba mi libro tal como estaba. Pero quería ser la pareja de Einstein en el concurso.

¿Que si podría hacerlo? Eso me pregunté yo cuando sonó el timbre.

Miré el dato número 1 de la lista de Einstein: «¿Cuál es el río más largo del mundo?».

¡Podía hacerlo! ¡Ya me sabía dos respuestas! ¡El río Nilo y Australia! Solo tenía que estudiar cada minuto desde ese momento hasta el día siguiente y aprenderme otras 255 respuestas.

Podía quedarme estudiando toda la noche. ¡TENÍA que hacerlo! O si no...

Esa soy yo cayendo en la representación artística de una estrella aplastada.

CAPÍTULO 5

EL LÁPIZ DE EINSTEIN, PRIMERA PARTE

¡Voy a conseguirlo! Esta soy yo después del recreo. He recogido mi libro y he sacado el lápiz. ¡Estoy lista para escribir las respuestas correctas!

¡Voy a conseguirlo! Escribiré la primera respuesta correcta, ¿a que sí?

Pues no. Esta soy yo gruñendo, no Eric. Y gruño porque la respuesta que he escrito está mal. Aquí salgo borrando la respuesta incorrecta y escribiendo la buena. No, espera...

Aquí estoy borrando mi respuesta incorrecta y volviendo a escribir la correcta. Una y otra y otra vez.

Puede que mi lápiz tuviera suficiente punta, pero me estaba quedando sin goma de tanto borrar respuestas incorrectas.

Miré a Einstein. Sus respuestas correctas corrían como un río de su cerebro al papel... a través de su lápiz.

selva amazónica
desierto del Sáhara
montañas Rocosas
río Yangtsé
Gran Cañón del Colorado
México
océano Pacífico
Madagascar
Alpes suizos
Australia
Antártida
monte Everest

3. ¿Cuál es el lugar más cálido del mundo?
El Valle de la Muerte.
4. ¿Cuál es el río más largo de la Tierra?
El Nilo.
5. ¿Cuál es el

¿Has visto qué afilado está su lápiz?
Y la goma, sin estrenar.
No como el mío.
Su lápiz escribe las respuestas correctas.

Mi lápiz escribe las incorrectas.

Si tuviera el lápiz de Einstein, las respuestas también saldrían de mi cerebro como un río. ¡OJALÁ!

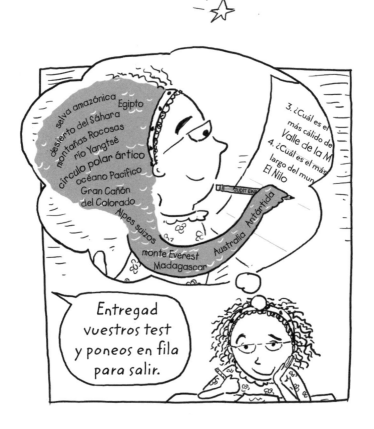

¿A que sería genial? ¡Yo, Bea García, escribiendo todas las respuestas correctas! ¡Sería la segunda chica más lista del universo!

No fallaría ni una sola de las preguntas del test de diez minutos, ¡como mi compañera-estrella, Judit Einstein!

Pero, en vez de eso, aquí estoy, haciendo dibujitos como este. Salimos navegando por el Nilo (el río más largo del mundo) en el lápiz de Einstein.

Y entonces me di cuenta de golpe...
Sí que sabía la respuesta a la pregunta
número uno. ¡La acababa de dibujar!

Ojalá la señorita Grogan siguiese pensando que mi lápiz es mágico. Así, si los dibujitos valieran como respuesta, tendría una correcta.

Y si tuviese el lápiz de Einstein, tendría TODAS las respuestas correctas.

CAPÍTULO 6

NO CUENTA
COMO ROBAR

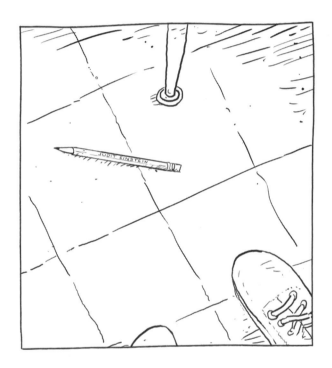

Si te encuentras un lápiz en el sue-
lo, aunque sea el de Einstein, no
cuenta como robar.

Ni aunque yo haya dado un golpecito a su mesa para ayudar a que se caiga.

No cuenta como robar porque, total, Einstein ya tiene todas las respuestas en su cabeza. No necesita ese lápiz tanto como yo. Seguramente tiene un millón de lápices iguales, todos llenos de respuestas correctas.

No cuenta como robar. Es un préstamo. Solo lo necesito esta noche para estudiar y luego se lo devolveré, cuando hayamos ganado. Además, nadie me vio cogerlo, ¿verdad?

No es robar. Es un intercambio, ¿ves? En su lugar le dejé mi lápiz. Einstein dijo que quería dibujar como yo, ¿no?

CAPÍTULO 7

¡FUNCIONA!

Voy a conseguirlo de verdad.

Aquí salimos en el autobús, de camino a casa. Einstein me está preguntando ¡y me lo sé todo porque llevo su lápiz en la mano!

¡Y sin dibujitos!

¡Solo respuestas correctas!

¡Einstein y yo estamos tan felices juntas, como si fuéramos las mejores amigas!

Einstein y yo... y la Peste Negra.

Einstein y yo, la Peste Negra...
Y Eric.

¡Eric lo está estropeando TODO! ¿Será que me vio coger el lápiz de Einstein?

Me da igual. No pienso volver a dibujar a Eric en la vida.

Pase lo que pase.

Voy a cerrar los ojos y a ignorar a Eric hasta que se lo trague el agujero negro más gordo del universo y así desaparezca para siempre jamás.

Esa era la única pregunta que Einstein siempre dejaba sin contestar.

Nunca había pensado que Einstein tuviera una hermana. Ni un padre o una madre. Cuando pensaba en ella, me parecía más bien una enciclopedia con piernas.

Intenté imaginarme a alguien más listo que Einstein.

¿Cómo iba a ayudarla YO?

Arrastré a la Peste Negra hasta casa.
Tenía mucho que hacer. Por suerte, con-
taba con el lápiz de Einstein...

CAPÍTULO 8

¡FUNCIONA DE VERDAD!

¡Esta soy yo con mi traje especial de Estrella de la Geografía! ¡El lápiz de Einstein funcionará, seguro! ¡Voy a ser una ESTRELLA! ¡Vamos a ganar!

¡Es broma! ¡Nunca iría a clase con esas pintas! Pero esta sí que soy yo, escribiendo con el lápiz de Einstein las respuestas correctas a todas las preguntas en la mesa de la cocina.

Y aquí estoy montada en el lápiz de Einstein, volando a 17 776 kilómetros por hora para poder jugar con Ivón y su canguro y estar de vuelta para la cena. ¡OJALÁ!

Este es la Peste Negra comiendo galletas con mermelada. No se le ve bien porque está cubierto de migas y mermelada.

Y esta es mi madre.

Por favor, Bea, saca la basura.

Se cree que Sofi va a sacarla por ella...

No es que lo crea. Pero OJALÁ.

Esta es mi perrita *Sofi* sacando la basura por la trampilla de la puerta de atrás, pasando por el garaje, rodeando el coche, el cortacésped y tres bicis hasta

llegar al cubo, dejando la bolsa en el sue-lo, abriendo la tapa, volviendo a coger la bolsa, saltando dos metros y encestán-dola en el cubo sin despeinarse.

Luego *Sofi* vuelve pitando conmigo y
me mira con mucho CARIÑO porque soy
su maestra, su favorita, ¡su mejor amiga!

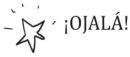 ¡OJALÁ!

En vez de eso, aquí estoy, sacando la basura.

Y cuando vuelvo, ¡me encuentro a mi hermano pintando en MI libro con el lápiz de Einstein y con las manos pringosas de mermelada! ¡¡NO ME LO PUEDO CREER!!

Este es la Peste Negra huyendo ¡con mi lápiz!

Pero sí que lo pillé.

Agarré el lápiz de Einstein por la goma
sin estrenar...

Estiré...

La Peste Negra se lanzó hacia delante
y...

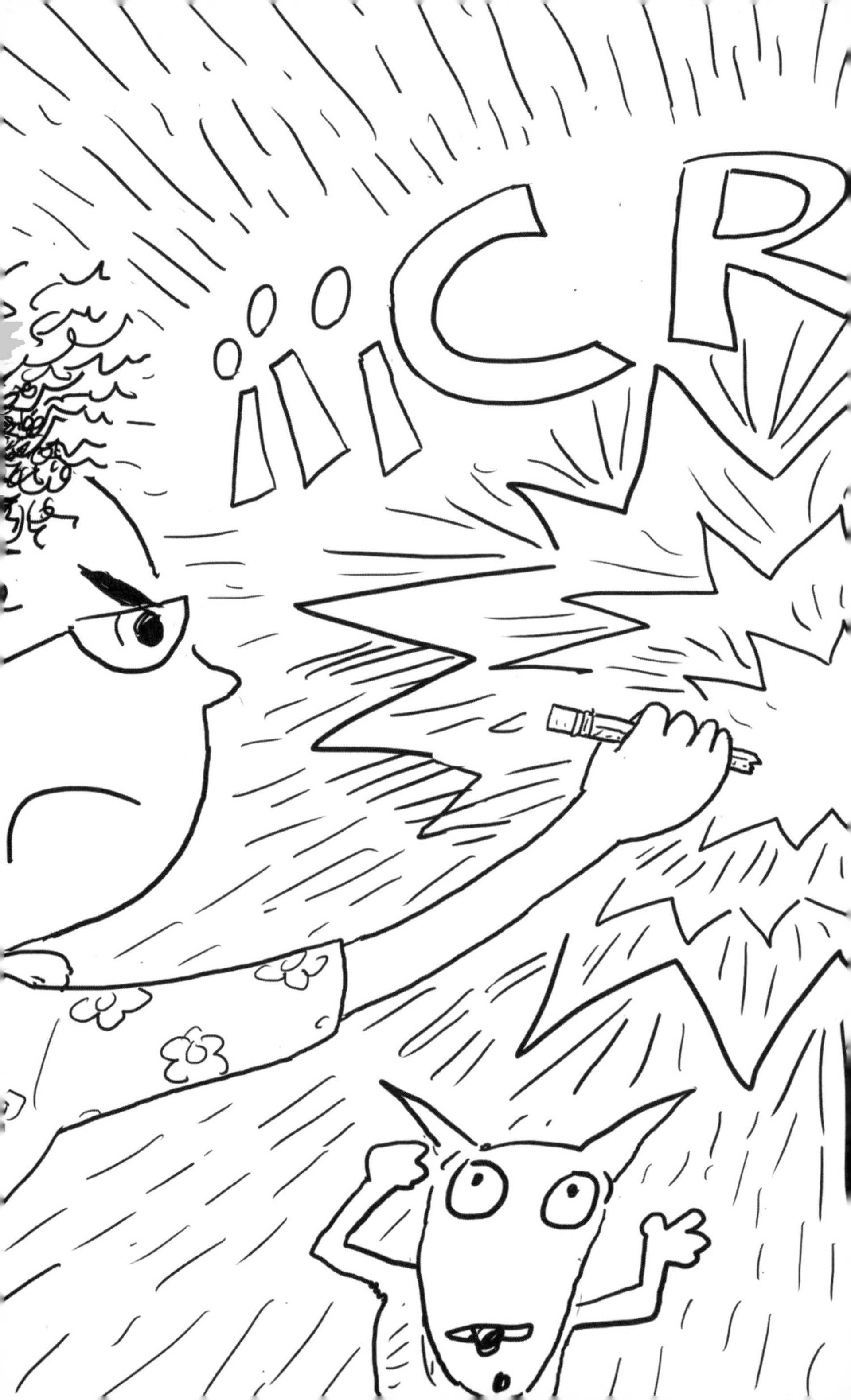
¡¡¡CR

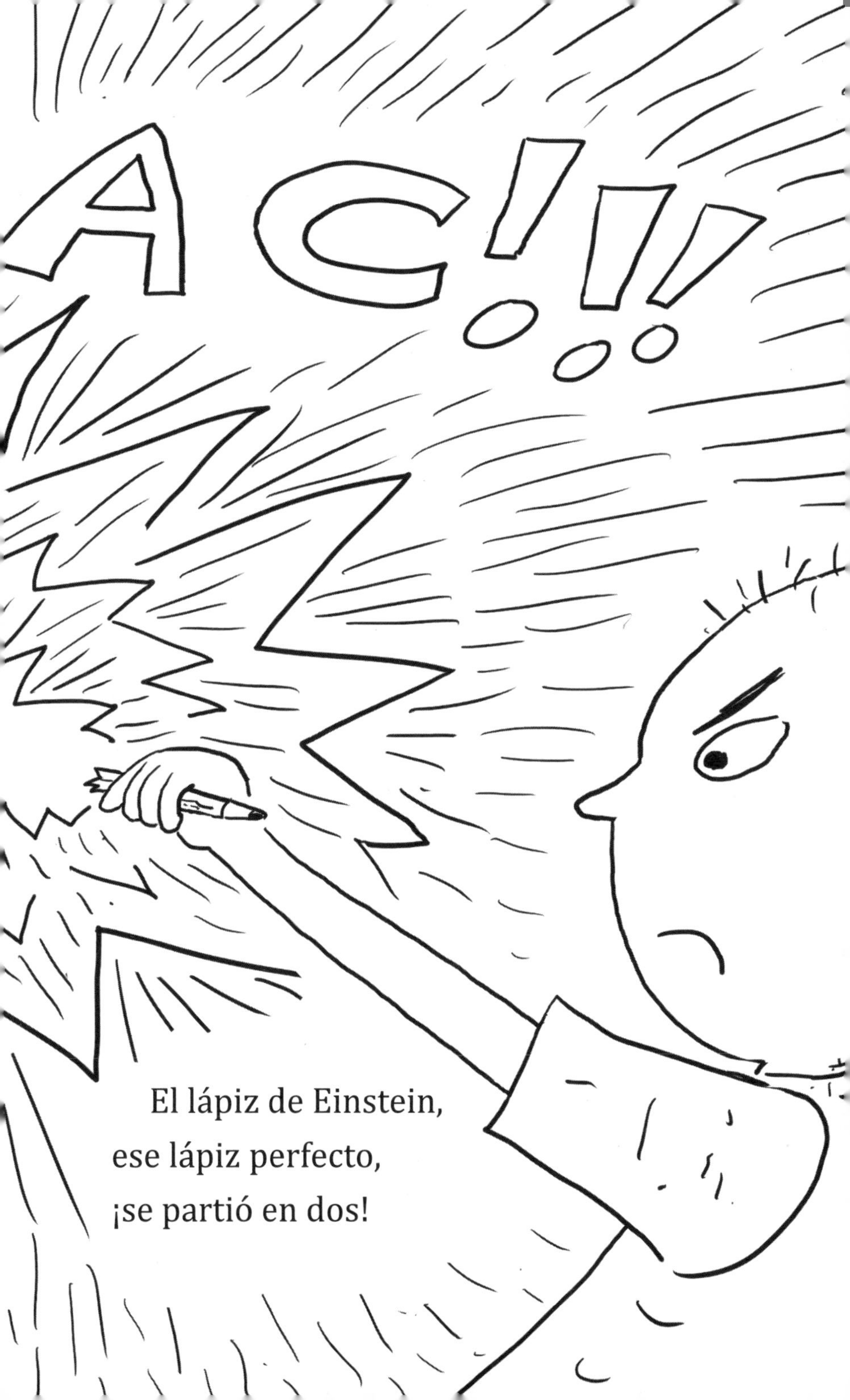
AC!!!

El lápiz de Einstein,
ese lápiz perfecto,
¡se partió en dos!

Yo me había quedado con la mitad que tenía la goma. ¡NO! ¡Las respuestas correctas que necesitaba se estaban escapando por el roto!

La Peste Negra me miró como si yo fuera un monstruo recién llegado de otro planeta.

Parecía un monstruo de otro planeta
por esto.

La Peste Negra soltó su mitad del lápiz
y echó a correr por si las moscas...

Salió de casa...

... y se subió al manzano del jardín.

Sofi también me miró como si yo fuese un monstruo de otro planeta.

Y luego salió pitando de casa, detrás de la Peste Negra.

Cogí la otra mitad del lápiz de Einstein, fui al baño y, cuando me miré en el espejo, casi me pongo a gritar del susto. Realmente parecía un monstruo.

Pero no tenía tiempo para pensar en eso. Debía arreglar el lápiz de Einstein antes de que se le escaparan todas las respuestas.

CAPÍTULO 9
¡ESTÁ HECHIZADO!

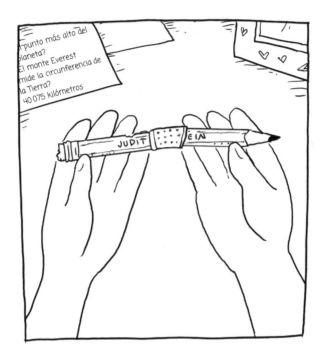

¡Lo arreglé!

Este es el lápiz de Einstein, casi como nuevo.

Y esta soy yo en mi cuarto, borrando con mucho cuidado los garabatos que la Peste Negra había dibujado en mi libro.

Ya lo sé, ya lo sé... No es lo que tendría que estar haciendo. Debería estar estudiando y no borrando garabatos. Pero nadie tiene permiso para escribir en mi libro. Solo yo.

Entonces me acordé de Einstein.

Busqué la página que había corregido y borré los «17 776» kilómetros que había escrito.

Cuando acabé, la goma de su lápiz ya no estaba perfecta. Pero ¿y qué? Ya no iba a necesitarla.

A partir de ahora solo escribiría respuestas correctas.

Esta soy yo, lista para escribir todas las respuestas correctas en una página en blanco, ¡por fin!

La primera pregunta de la lista de Einstein era:

¿Cuál es el río más largo del mundo?

¡Funciona! ¡Mira! ¡He escrito una respuesta correcta! O casi...

En vez de hacer tres líneas rectas, la letra N se retorció y tembló...

El río más largo del mundo es el

Y lo mismo me pasó con la I y con la L...

El río más largo del mundo es el

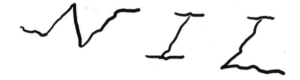

Y con la O.

El río más largo del mundo es el

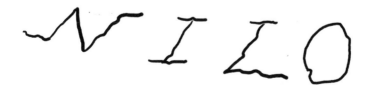

El río más largo del mundo es el

En vez de escribir la respuesta correcta con el lápiz de Einstein, hice este dibujo del Nilo.

Aquí salgo yo, la reina de Egipto, con mi casi-mejor amiga Judit y mi búho-mascota, navegando hacia el Norte.

Cruzamos el desierto y pasamos junto a las pirámides y la misteriosa esfinge.

Vemos peces, flores alucinantes, pájaros extraños, plantas de papiro, un cocodrilo…

Un cocodrilo que se parece a Eric.

¡No! ¡Ni hablar! ¡No te dibujaré, Eric! ¡Ni de cocodrilo, ni nada!

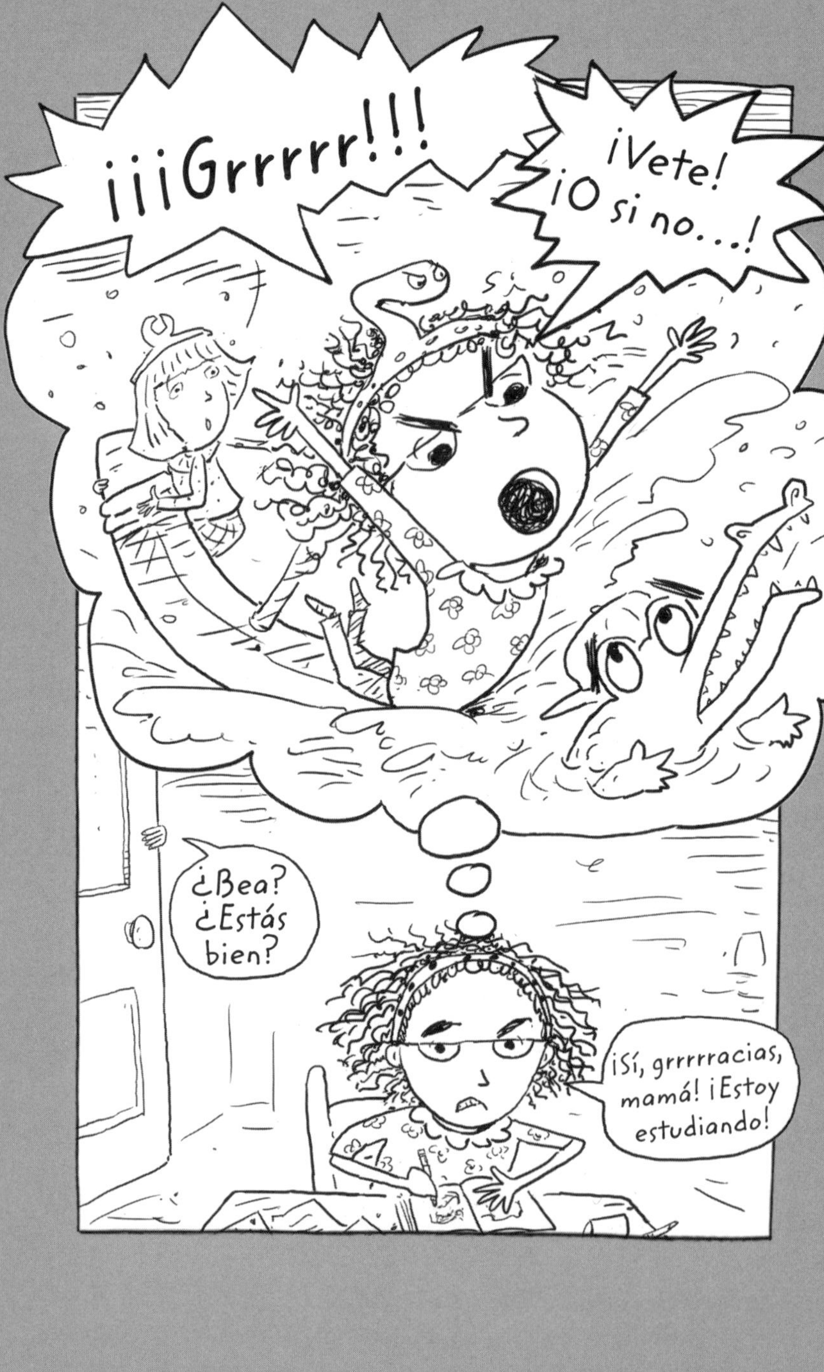
¡¡¡Grrrrr!!!
¡Vete! ¡O si no...!
¿Bea? ¿Estás bien?
¡Sí, grrrrracias, mamá! ¡Estoy estudiando!

Solo tengo que volver a empezar. Se acabó hacer dibujitos. Solo respuestas correctas. ¡Pasa la página! ¡Sí, tú! ¡Pasa la página!

Gracias.

Ahora volveré a empezar en otra página donde solo escribiré las respuestas correctas.

¡Nada de dibujos! Si no hago dibujos, no aparecerá Eric.

Allá va la pregunta:

«Canberra es la capital de...».

A ver si lo adivinas.

Empieza con la letra

No, no es la capital de Alemania. Ni de Argentina. Ni de *Austri*a, aunque casi casi... Te daré otra pista.

¿Ves esa A que salta...?

¿... y se transforma en un canguro?

¡Sí!

Canberra es la capital del lugar donde viven los canguros:

¡Australia!

Australia también es el único sitio donde encontrarás uómbats.

Y koalas.

Y ornitorrincos, esta mezcla rara de pato y topo. ¿A que son graciosos?

Ya sé que dije que no haría más dibujitos, pero es que estos son animales que de verdad solo viven en Australia.

Lo sé porque me lo contó mi mejor
amiga, Ivón.

Aquí estamos Ivón y yo jugando con
su canguro. Ya sé que en realidad los
canguros no saltan a la comba, ¿pero a
que molaría?

Aunque, si se parecieran a Eric... ¡No!
¡No! ¡No! ¡Fuera de aquí, Eric! ¡Lárgate!
¡Sal de mi dibujo ahora mismo!

Esta es Ivón mirándome como si yo fuera un monstruo de otro planeta.

Y esta es la razón por la que me mira así.

Realmente parezco un monstruo.

¡Pero no lo soy! ¡Soy una artista! ¿Lo ves? ¡Fíjate en mi lápiz!

¡Vuelve, Ivón! ¡No soy un monstruo!

¡Soy yo, Bea!

¡Tengo que dejar de hacer dibujos!
¡Ayúdame! ¡Sí, tú! ¡Cierra el libro, por favor!

O mejor... ¡No, espera!

Si cierras este libro, me quedaré aquí atrapada... ¡y convertida en un monstruo para siempre!

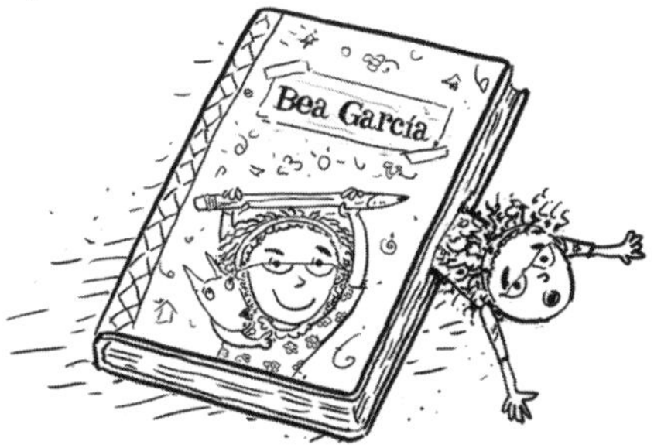
Bea García

Antes de coger el lápiz de Einstein, yo no era un monstruo. ¡Es el lápiz! ¡Él me ha convertido en un monstruo! ¡Está hechizado! Tengo que deshacerme de él... ¡y pronto!

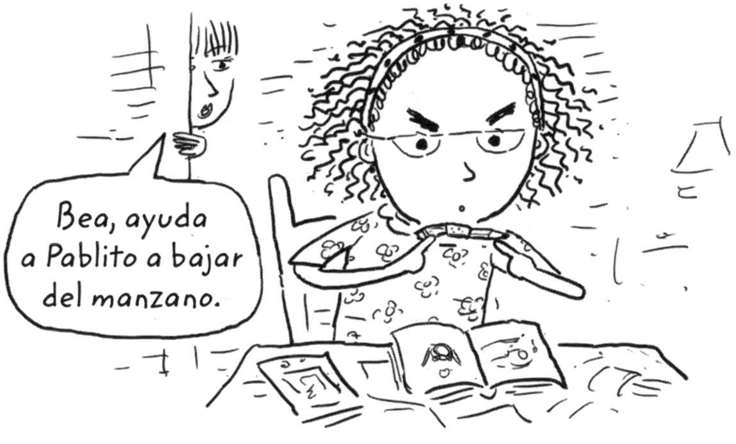
Bea, ayuda a Pablito a bajar del manzano.

CAPÍTULO 10

¡HASTA NUNCA,
MALDITO LÁPIZ!

quí está la Peste Negra, subido al
manzano y tirando ramitas para
que *Sofi* vaya a buscarlas.

Y esta soy yo en el jardín, tirando el lápiz de Einstein lo más lejos que puedo. Que resulta ser justo en las narices de *Sofi*, que se para a olfatearlo.

Por primera vez en su vida, ¡le han lanzado un palito directamente a ella!

Aunque no es un palito. Es una maldición.

Sofi trota hacia el manzano para darle su premio a la Peste Negra.

Aquí está, con esa mirada llena de CARIÑO por mi hermano.

La Peste Negra mira a *Sofi.*

Y luego, por primera vez en su vida, se baja él solo del árbol y se mete corriendo en casa.

Sofi corre hacia mí, se para, suelta el lápiz hechizado de Einstein y se marcha corriendo detrás de la Peste Negra.

Aquí está, a mis pies, sobre la hierba. Parece un lápiz roto cualquiera, pero no lo es. Está hechizado.

Esta soy yo lanzando el lápiz de Einstein lo más lejos que puedo.

Y, por una vez en mi vida, es lejos de verdad. Aquí está, pasando por encima de la valla, rumbo a una galaxia lejana. ¡OJALÁ!

Y aquí está de verdad, volando hacia el jardín de Eric, que es como una galaxia lejana porque no pienso pisarlo jamás, como jamás volveré a ver el lápiz de Einstein.

¡Soy libre! ¡He acabado con la maldición del lápiz de Einstein! Ahora solo tengo que pensar en cómo ganar el concurso de mañana sin él.

CAPÍTULO 11

EL PEOR MAÑANA
POSIBLE

E sta soy yo, mirando las estrellas pegadas en el techo de mi cuarto. Si me quedo despierta toda la noche, puede que mañana nunca llegue.

Se suponía que mañana iba a ser el mejor día de mi vida, cuando me convertiría en una Estrella de la Geografía con mi nueva mejor amiga, Judit Einstein.

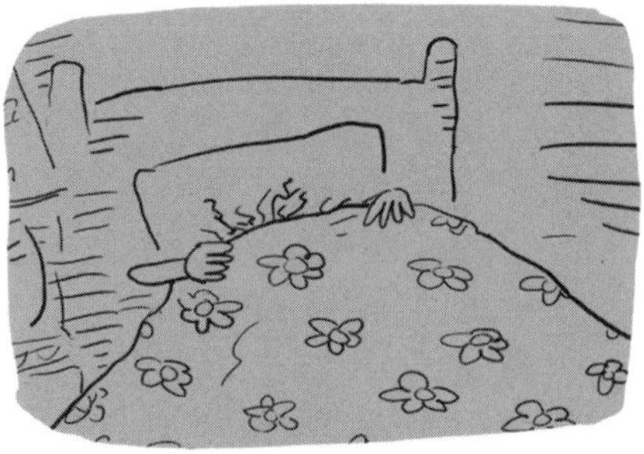

Pero, en vez de eso, va a ser aún peor que el día en que Ivón se mudó a Australia. Será el día en que caeré en un agujero negro porque no sabré responder ni una pregunta. ¿Qué podría ser peor?

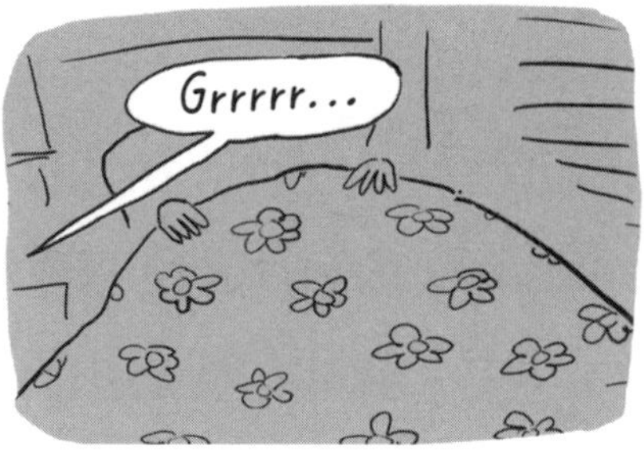
Grrrrr...

Sofi sabe que no soy un monstruo.

Capítulo 12

EL CONCURSO TOP 10 ESTRELLAS DE LA GEOGRAFÍA

Ya es mañana y me duele la tripa como si estuviese enferma, aunque no lo estoy. No lo dibujo aquí porque no voy a pintarme enferma. En realidad, no pienso dibujar NADA. Nunca más. Cuando dibujo, me convierto en un monstruo.

Tendrás que imaginarme yendo al colegio en autobús. En silencio.

Imagíname sentada al lado de la Peste Negra, que sigue sin hablarme, y eso que le he pedido perdón 6 899 veces por haberme portado como un monstruo.

Imagíname sentada con Einstein, mi pareja para el concurso, mirándome con cara de preocupación antes de seguir leyendo sus 6 899 datos estrella sobre geografía.

En realidad debería decir que estamos «casi en silencio». Porque adivina quién no para de hablar.

Y ahora imagínanos en clase con la profe.

> ¡Buenos días, exploradores! ¡Hoy tenéis la oportunidad de brillar en el concurso TOP 10 Estrellas de la Geografía! ¡Coged un lápiz y poneos con vuestra pareja!

> Dibújame, Featriz.

> No tengo lápiz.

Imagínanos yendo hacia el comedor.

> Dibújame, Meatriz.

> No tengo lápiz.

Y sentándome con Einstein, mi pareja para el concurso, que sigue con su libro. Y adivina quién se sienta detrás.

> Dibújame, Featriz.

> No tengo lápiz.

Imagina a la señorita Grogan explicándonos las normas.

¡Bienvenidos, exploradores! En cada mesa encontraréis un sobre con diez preguntas, cada una en una hoja como esta.

1. ¿Cuál es el lugar más frío de la Tierra?

Trabajaréis en equipo con vuestra pareja y escribiréis cada respuesta de la forma más completa posible. La parte escrita de la prueba valdrá un máximo de 10 puntos. Si además hacéis un dibujo en el recuadro de abajo, podéis obtener 100 puntos más. Cuando terminéis, meted las respuestas en el sobre. ¿Listos?

No, yo no estaba lista.

Dibújame, Featriz.

No tengo lápiz.

Toma, usa este, Beatriz.

Entonces Einstein me pasó mi lápiz, el que le dejé cuando le quité el suyo. Mi lápiz mágico, ese al que ya no le quedaba goma.

Yo tengo otro más.

Einstein me enseñó su lápiz. Era uno nuevo, con su nombre. ¿Lo ves? ¡Sabía que tenía millones como ese!

Tenéis exactamente treinta minutos para contestar las diez preguntas.

Yo escribo y tú dibujas. ¿Preparada, Beatriz?

No, no estaba preparada. Pero Einstein ya estaba escribiendo la respuesta a la primera pregunta: «¿Cuál es el lugar más frío de la Tierra?».

¿Que Einstein no podía ganar sin mí?

Usé mi lápiz mágico... y dibujé a Eric en el lugar más frío de la Tierra.

Dibujé a Eric achicharrándose en el Valle de la Muerte.

Y también escalando hasta la cima del Everest.

Y buceando en lo más profundo del océano Pacífico.

Dibujé a Eric
colgando de
una liana en la
selva amazónica.

Y esquiando
en los Alpes.

Y volando 40 075 km para rodear la
Tierra.

Hasta dibujé a Eric en Australia, saltando con Ivón y su canguro, y también flotando en el Nilo.

Ya casi había terminado. Había hecho nueve dibujos y todos estaban bien, gracias a Einstein. Y quedaron divertidos gracias a Eric. Solo quedaba una pregunta más. A Einstein le tocaba responderla y a mí dibujarla.

Pregunta número 10: ¿Dónde vives?

Einstein escribió una respuesta correctísima y completísima.

Vivo a 42° 35' 56" Norte,
5° 34' 01" Oeste,
León, España, Europa,
la Tierra.

Luego me tocaba a mí.

¡Dibújame, Featriz!
¡Por favor, por favor!

¿Dibujar a Eric? ¿En mi casa? ¡Ni hablar!
Ni aunque me lo pidiera de rodillas.

¡Date prisa, Beatriz, se nos acaba el tiempo! ¡Todo depende de ti!

Y dibujé a Eric. Pasa la página y lo verás.

CAPÍTULO 13

¡SOMOS UNAS ESTRELLAS!

Aquí estamos Einstein y yo en el manzano del jardín.

Y Eric.

Einstein no se refería a que fuéramos estrellas de cine. Ni siquiera se refería a que fuéramos Estrellas de la Geografía.

Quería decir que éramos estrellas, estrellas de verdad, de las que brillan y están tan lejos que casi no se puede medir la distancia que hay hasta ellas.

Cuando bajamos del árbol, le hice a Einstein un dibujo del universo con este lápiz.

Era nuestro premio, uno para cada una, por haber ganado el concurso de Estrellas de la Geografía con una nota máxima de 200 puntos más 60 puntos extra por creatividad. Y eso sumaba 60 más de los que consiguió la hermana de Einstein.

Y, de alguna manera, gracias también a Eric. Pero no le cuentes que lo he dicho.

Además, Einstein y yo ganamos dos globos terráqueos que giran de verdad. Ahora ya no me hace falta volar a 17 776 kilómetros por hora para llegar enseguida a Australia, donde Einstein me ha dicho que hay cocodrilos, por cierto, pero no donde vive Ivón.

Somos unas estrellas.

Incluso Eric.

Pero solo lo digo por ser precisa, porque Einstein dijo que era verdad. Para mí, él sigue siendo un monstruo.

dona. Perdona. Perdona. Perdona. Perdona. Perdona. Perdona. Perdon
dona. Perdona. Perdona. Perdona. Perdona. Perdona. Perdona. Perdon
dona. Perdona. Perdona. Perdona. Perdona. Perdona. Perdona. Perdon
dona. Perdona. Perdona. Perdona. Perdona. Perdona. Perdona. Perdon
dona. Perdona. Perdona. Perdona. Perdona. Perdona. Perdona. Perdon
dona. Perdona. Perdona. Perdona. Perdona. Perdona. Perdona. Perdon
dona. Perdona. Perdona. Perdona. Perdona. Perdona. Perdona. Perdon
dona. Perdona. Perdona. Perdona. Perdona. Perdona. Perdona. Perdon
dona. Perdona. Perdona. Perdona. Perdona. Perdona. Perdona. Perdon
rdona. Perdona. Perdona. Perdona. Perdona. Perdona. Perdona. Perdon
erdona. Perdona. Perdona. Perdona. Perdona. Perdona. Perdona. Perdona
erdona. Perdona. Perdona. Perdona. Perdona. Perdona. Perdona.
Perdona. Perdona. Perdona. Perdona. Perdona. Perdona. Perdona.
Perdona. Perdona. Perdona. Perdona. Perdona. Perdona. Perdona.
Perdona. Perdona. Perdona. Perdona. Perdona. Perdona.
Perdona. Perdona. Perdona. Perdona. Perdona. Perdona.
Perdona. Perdona. Perdona. Perdona. Perdona. Perdona.
Perdona Perdona. Perdona. Perdona.
Perdona.

Le pedí perdón 6 899 veces más a la
Peste Negra por haberme portado como
un monstruo. Creo que con pedírselo
diez veces habría sido más que suficiente, sobre todo teniendo en cuenta que lo
decía de verdad. Pero no. Así que le decoré
un lápiz con estrellas y con su nombre.

133

Aun así, la Peste Negra no me perdonó hasta que le dejé hacer un dibujo en este libro. No sé si es una rana o un monstruo. Tú decides.

Pero este será el último dibujo que haga en mi libro. ¡Que consiga su propio libro y mantenga lejos del mío sus manos pringosas de mermelada!

GARABATOS MONSTRUOSOS

Un libro de
LA PESTE NEGRA

¡Dibújame, Meatriz!

No pienso volver a dibujar a Eric en la vida, pase lo que pase. ¡Aún me sigue llamando «Meatriz»!

Además, Eric ya tiene un lápiz.

Que se haga sus propios dibujos con él, ¿no?

¡OH, NO! ¡Eric tiene el lápiz de Einstein! Y aunque en el fondo yo sabía que no estaba embrujado de verdad, no podía arriesgarme... ¿Y si convertía a Eric en un monstruo aún más monstruoso de lo que ya era?

Cogí el lápiz de Einstein y lo lancé lo más lejos que pude, rumbo a una galaxia muy, muy lejana.

Sofi saltó muy, muy alto…

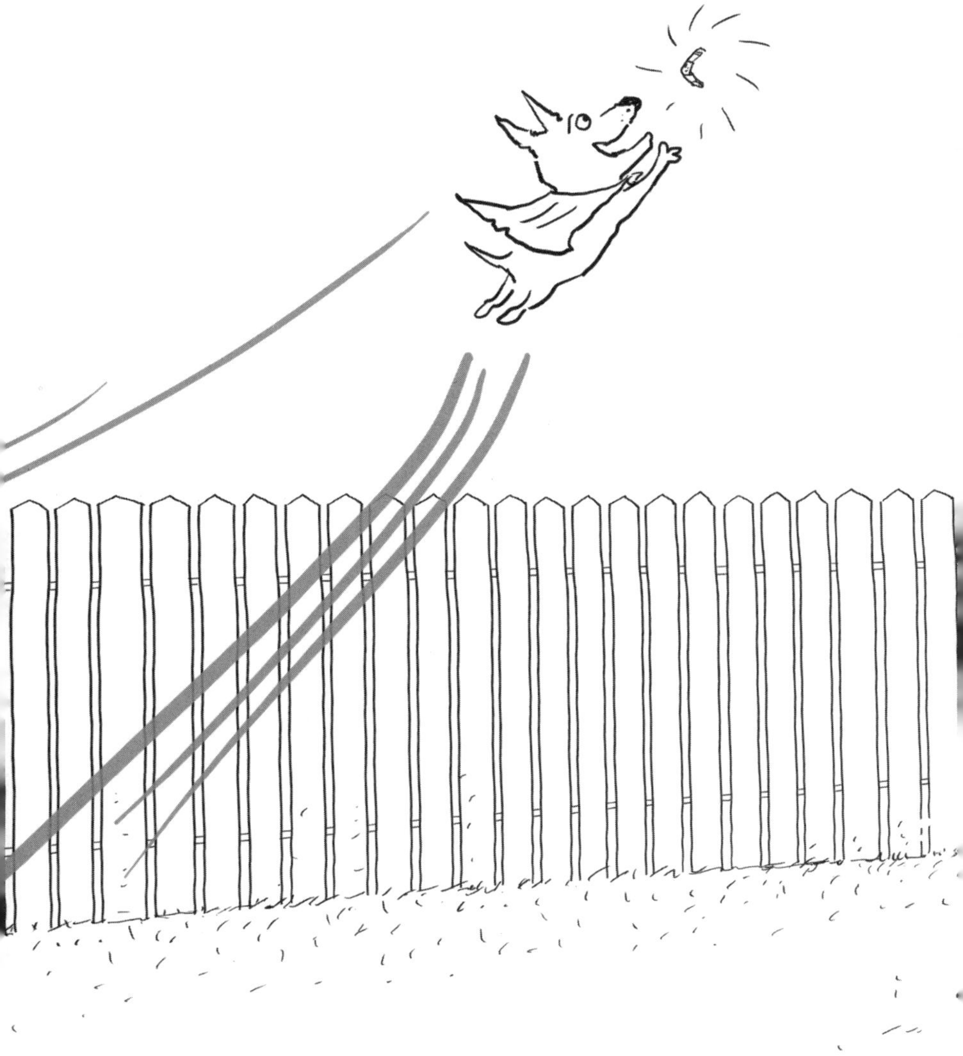

... y lo pilló al vuelo.

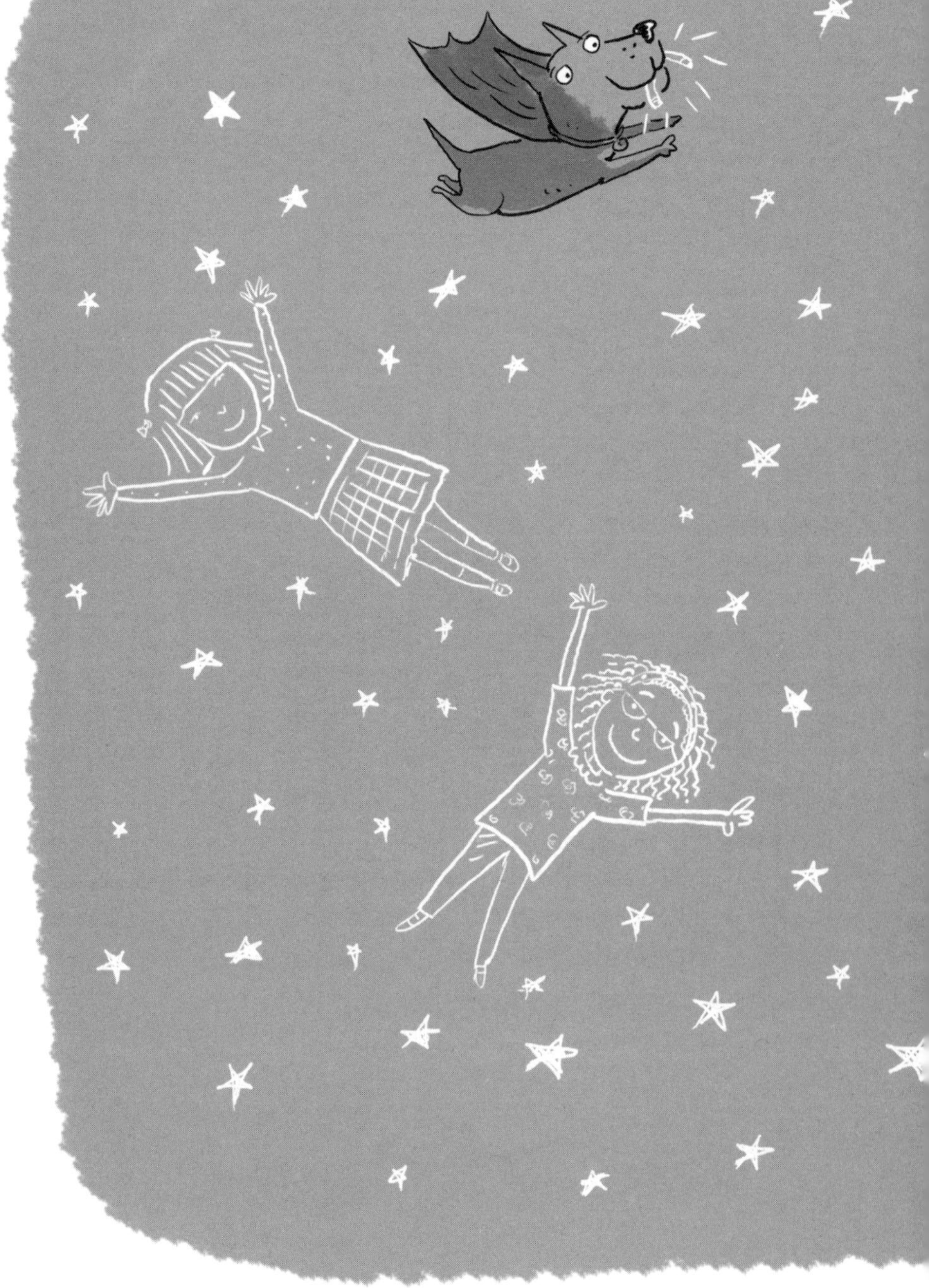

Aquí estamos todos viajando por el espacio. Sale incluso Eric. Espera..., ¡cuidado, Eric, no vayas a caerte en la representación artística de un agujero negro! Upsss, vaya...

¡Era broma!

Aquí salimos de verdad, viajando por el espacio en este dibujo que pinté en la valla que separa el jardín de Eric del mío.

Einstein, la Peste Negra y *Sofi* me ayudaron. Todo el mundo echó una mano, incluso Eric, que también me sirvió de inspiración.

En esta página salgo solo yo, Bea García. Ahora ya puedes cerrar el libro. Ya no me quedaré prisionera dentro, convertida en un monstruo para siempre. Porque ahora soy una estrella, una estrella de verdad.

Igual que tú.

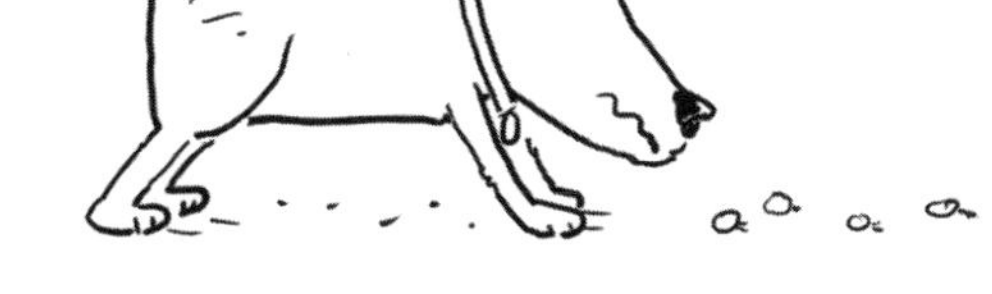

Este es mi vecino Eric. Es un monstruo.

Esta es su nueva mascota.

Esta es *Sofi*, la perrita más lista
del mundo. Pero no la más valiente...
Descubre en mi próximo libro
qué ocurre cuando la gallina de *Sofi* conoce
al monstrugato de Eric.
Hasta entonces, ¡disfruta dibujando
como yo!